KB272093

마인크래프트로 배우는 친구 사귀기

毎日楽しい！マインクラフトで学ぶ お友だちとなかよく過ごすためのルール

MAINICHI TANOSHII! MINECRAFT DE MANABU
OTOMODACHI TO NAKAYOKU SUGOSU TAMENO RULE
by MINECRAFT SHOKUNIN KUMIAI
Copyright © 2025 by TAKARAJIMASHA, Inc., Tokyo
Original Japanese edition published by TAKARAJIMASHA, Inc., Tokyo
Korean translation rights arranged with TAKARAJIMASHA, Inc., Tokyo
through Shinwon Agency Co., Seoul
Korean translation rights © 2026 by Midnight Bookstore

이 책은 마인크래프트의 공식 도서가 아니므로, 모장 스튜디오와 마이크로소프트사는 이 책의 내용에 아무런 책임이 없습니다. 더불어 도서의 발행을 가능하게 해 준 모장 스튜디오 및 마이크로소프트사에 진심으로 감사드립니다. 이 책에 기재된 회사명, 상품명, 소프트웨어명은 관계 회사의 상표 또는 등록 상표이므로 본문에서는 표기를 생략하였습니다.

마인크래프트로 배우는 친구 사귀기

마인크래프트 장인 조합 지음 · 아이카와 아쓰시 감수 · 김나정 옮김

제제의숲

차례

제1장
친구 만들기 규칙

제2장
절친 규칙

제3장 나를 소중히 여기는 규칙

마인크래프트 게임에 대해 얼마나 알고 있어?

블록으로 만들어진 세계

마인크래프트는 사방이 온통 네모난 블록으로 이루어진 세계야. 산과 나무도 모두 블록으로 만들어져 있단다.

다양한 장소가 있어

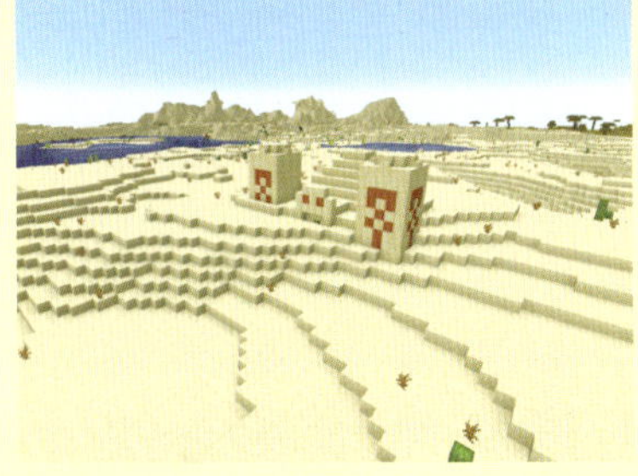

끝없이 펼쳐진 사막이 있어. 사막 어딘가에는 피라미드도 세워져 있지.

깊은 바다 밑바닥에는 고대 유적이 있는데, 몹들이 지키고 있어.

블록으로 건물을 짓자

마인크래프트에서는 여기저기 놓인 블록을 가져오거나, 새로운 블록을 만들어서 건물을 지을 수 있어. 현실에서는 본 적 없는 나만의 건물을 지을 수도 있지.

숲에서 나무를 모아 통나무집을 지었어.

블록으로 동물 모양 집도 만들 수 있어.

마을에서 느긋하게 생활하기

마을에는 주민들이 모여 살아. 밭에서 농작물을 키우거나 무기와 아이템을 만들며 생활하지.

마을 주민들과 함께 동식물을 키우는 것도 재미있어.

다양한 생물이 사는 세계

마인크래프트 세계에서는 여러 생물과 만날 수 있어. 소나 돼지처럼 현실에서 볼 수 있는 동물도 들판에서 자유롭게 돌아다니고 있지. 먹이를 주거나 데려와서 키울 수도 있어.

말을 타고 빠르게 달릴 수도 있지.

초원에 있는 소에게 양동이를 갖다 대면 우유를 얻을 수 있어.

적대적인 몹을 조심해!

마인크래프트 세계는 해가 지면 위험해져. 주변이 어두워지면 어딘가에서 신음 소리가 들려오는데, 적대적인 몹이 내는 소리야! 적대적인 몹은 플레이어를 공격하니까 어두워지기 전에 집을 지어서 그 안으로 피하는 게 좋아.

스켈레톤은 멀리서 활을 쏘며 공격해 오지.

크리퍼는 플레이어에게 슬며시 다가와서 갑자기 폭발해 버려.

몹을 쓰러뜨리거나 블록을 파괴하면 여러 가지 재료를 얻을 수 있어. 이것들을 조합하면 무기나 도구 같은 새로운 아이템을 만들 수 있지. 아이템을 활용하면 플레이어의 능력을 강화시킬 수도 있어.

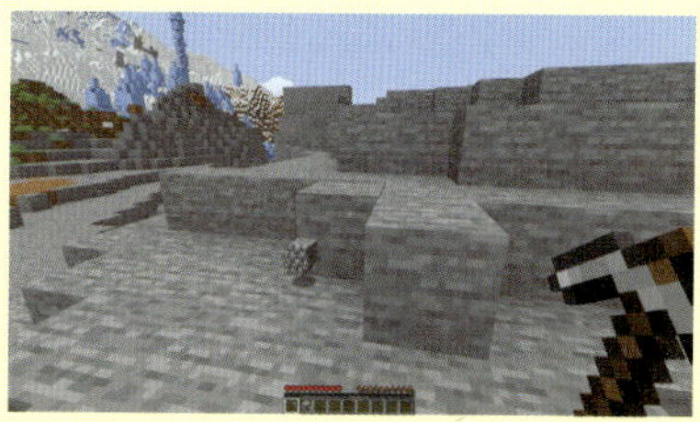

곡괭이를 만들어서 암석을 파괴해 보자.

무기를 만들어 몹들을 쓰러뜨리자!

지하 깊은 곳이나 숨겨진 차원문을 통과하면 이제껏 본 적 없는 새로운 세계가 펼쳐져. 그곳에는 무시무시한 보스 몹이 기다리고 있어.

깊은 지하의 고대 도시에는 최강의 몹, 워든이 있어.

엔더월드에 나타나는 최종 보스, 엔더 드래곤이야.

마인크래프트 몹 진단 테스트

나는 어떤 몹과 닮았을까?

질문에 '예' 또는 '아니요'로 답하고,
나와 닮은 몹을 알아보자!

시작

여러 명과
다 함께
노는 게 좋다.

예

아니요

친구들과
다 같이 놀 때
리더가 되고 싶다.

예

아니요

주변 사람들을
웃기고 싶다.

예

아니요

아니

새로운 일에 대해
깊이 생각하는 걸
좋아한다.

예

혼자 있을 때는
그림을 그리거나
이야기를 만든다.

예

아니요

조용히
책 읽는 걸
좋아한다.

예

아니요

친구랑
수다 떠는 게
좋다.

아니요

예

친구가
곤란해하면
바로 도와주고
싶다.
아니요
예
예
가끔은
혼자만의 시간이
필요하다.
아니요
내 의견을
확실하게
말할 수 있다.
예
아니요
가만히
나에 대해
생각하는 걸
좋아한다.
예
아니요
피글린
노력형
철 골렘
조력형
크리퍼
비밀형
좀비
유유자적형
마녀
신비형
주민
성실형

피글린 노력형

이런 사람이야

피글린 유형은 언제나 활기차고, 뭐든지
열심히 해. 새로운 놀이나 모험을 좋아하
고 즐기지.

장점

힘든 일이 있어도 쉽게 포기하지 않는 네
모습에 다른 사람들이 용기를 얻어.

주의할 점

너무 노력하다 보면 지칠 때도 있어. 가끔
은 푹 쉬는 시간도 필요해.

철 골렘 조력형

이런 사람이야

철 골렘 유형은 성실하고 정의감이 넘쳐.
어려움에 처한 사람을 보면 곧바로 도와
주고 싶어 하지.

장점

강인해서 모두를 지켜 줄 수 있어. 영웅처
럼 주변 사람을 안심시켜.

주의할 점

다른 사람만 챙기다가 자신의 감정은 뒷
전으로 미루기 쉬워. 때로는 다른 사람의
도움을 받아도 괜찮아.

크리퍼 비밀형

이런 사람이야

크리퍼 유형은 개성적이며 주변 사람들에게 영향을 잘 끼치는 편이야. 마음속에 비밀을 품고 있어.

장점

자신의 의견이 확실해. 남들을 놀라게 하는 특별한 힘이 있어.

주의할 점

자신과 다른 생각을 잘 받아들이지 못해서 감정이 폭발할 수 있어. 행동하기 전에 한 번 더 생각하는 습관을 들이면 좋아.

좀비 유유자적형

이런 사람이야

좀비 유형은 느긋한 속도로 차분하게 지내는 것을 좋아해.

장점

서두르지 않고 천천히 행동해서 주변 사람을 편안하게 해 주지.

주의할 점

너무 느긋하게 행동하다가 약속 시간에 늦을 수 있어. 여유를 두고 행동하자.

마녀 신비형

이런 사람이야

마녀 유형은 신기한 아이디어를 많이 가지고 있어. 사람들을 설레게 하고, 신비로운 분위기를 풍기지.

장점

새로운 관점의 생각으로 모두를 놀라게 해. 색다른 방식으로 놀 수 있어.

주의할 점

자신의 생각이 원하는 만큼 잘 전달되지 않을 수 있어. 조급해하지 말고 천천히 설명해 보자.

주민 조력형

이런 사람이야

주민 유형은 매일 정해진 일을 꾸준히 잘해내. 조용히 사부작거리며 놀거나 작업하는 것을 좋아하지.

장점

언제나 차분한 태도로 주변 사람을 안심시켜. 자신만의 속도로 꾸준히 노력해.

주의할 점

새로운 일에 도전하는 것을 망설이는 경우가 많아. 가끔은 다른 방식을 시도해 보는 것도 좋아.

등장인물 소개

이 책에 나오는 인물들을 소개할게!
이 밖에도 다양한 캐릭터가 등장할 거야.

스티브

이 게임의 주인공.
호기심 많은 모험가야.

알렉스

또 다른 주인공.
긴 머리가 특징이야.

엔더맨

블록을 멋대로
가져가는 몹이야.

떠돌이 상인

주인공 근처에
나타나 아이템을
판매하지.

약탈자

주민과 플레이어를
공격하는 몹이야.

엔더 드래곤

용의 모습을 한
최종 보스야.

귀여운 동물들

마인크래프트 게임에서는 귀여운 동물도 만날 수 있어.

소

우유 말고 가죽도 얻을 수 있는
귀중한 동물이야.

돼지

주로 고기를 얻기 위해 길러.
당근을 주면 번식이 가능해.

양

가위로 잘라 털을 얻을 수 있어.
밀을 먹이면 번식이 가능해.

토끼

서식하는 생물 군계에 따라서
몸의 색이 달라.

라마

떠돌이 상인과 함께 세계를
여행해. 길들이면 탈 수 있어.

제 1 장

친구 만들기 규칙

내 주위에는 어떤 사람이 있을까?

사람마다 마인크래프트 게임을 즐기는 방법은 다양해. 누군가는 블록을 조합해서 아이템을 만드는 걸 좋아하고, 몹과 싸우는 걸 즐기거나 주민과 물물 교환을 하는 걸 좋아하는 사람도 있지. 땅을 파서 터널을 뚫거나 집을 짓는 일도 여기에서는 즐거운 놀이 중 하나야.

마인크래프트 세계와 마찬가지로 네가 다니는 학교에도 다양한 친구가 있어. 쉬는 시간에 뭘 하고 노는 걸 가장 좋아해?

나라면 어떻게 할까?

아래의 네 가지 중에서 나와 가장 비슷한 것을 골라 봐.

1

**학교 운동장에서
뛰어놀기**

술래잡기나 축구를 하며
몸을 움직이는 게
가장 신난다.

2

**교실에서 그림을
그리거나 만들기**

크레파스나 색종이로
상상한 것을 만드는 게
즐겁다.

3

도서관에서 책 읽기

조용한 도서관에서
이야기 속으로 푹 빠지는 걸
좋아한다.

4

친구와 수다 떨기

친구와 이야기를 나누며
즐거운 시간을 보내고
싶다.

이렇게 친구를 사귀어 보면 어떨까?

1
1번을 골랐다면
활기차게 움직이다 보면
주변에 활동적인 친구가
자연스레 늘어날 거야.

2
2번을 골랐다면
함께 그림을 그리거나
만들기를 하며 재미있는
시간을 보내면
친구가 될 거야.

3
3번을 골랐다면
좋아하는 책 이야기를
나누다 보면 마음이 맞는
친구를 만날지도 몰라.

4
4번을 골랐다면
상대방의 이야기를 들어
주거나 내 이야기를
하면서 친구가
되어 보자.

새로운 발견으로 이어지다

새 학년이 되어 친구가 없어서 걱정이라면 교실을 쭉 둘러봐. 나와 같은 관심사를 가진 사람을 만나면 금세 친해질 수 있을 거야. 하지만 나와 같은 취향의 친구를 못 찾았다고 해서 실망하지 마. 좋아하는 것도 다르고 성격도 다른 친구들과 함께 어울리다 보면, 혼자서는 느끼지 못했던 즐거움이나 새로운 발견을 할 수 있을 거야.

각자 다르니까 즐거워

모두 저마다 다른 생각과 취향을 가지고 있는 건 당연한 일이야. 그렇기에 서로를 보며 '대단하다', '재미있다'라고 느낄 수 있는 거지. 학교는 이렇게 다양한 마음이 모이는 장소야. 각자 다른 마음을 지니고 있기에 매일이 더욱 즐겁지. 나와는 다른 친구의 생각이나 취향을 알아 가다 보면, 나의 세계도 점점 더 넓어질 거야.

인사부터 시작하자

어느 날 아침, 마을에 처음 보는 떠돌이 상인이 찾아왔어. 낯선 곳에 와서 그런 걸까? 떠돌이 상인은 어딘가 불안해 보였어. 주민들도 새로운 사람이 나타나자 안절부절 못했지. 나는 용기를 내서 떠돌이 상인에게 먼저 인사를 건네 보기로 했어. 어떻게 다가가면 좋을까?

나라면 어떻게 할까?

 아래의 네 가지 중에서 나와 가장 비슷한 것을 골라 봐.

1

활기차게 인사하기

떠돌이 상인에게 다가가
"안녕하세요!" 하고
인사를 건넨다.

2

이름 부르기

"떠돌이 상인님,
안녕하세요!" 하고
이름을 붙여 인사한다.

3

질문하기

"안녕하세요!
무슨 일로 오셨나요?"
하고 물어본다.

4

고개 숙여 인사하기

어쩐지 긴장되어 말하기
어렵다. 꾸벅 고개만 숙여
인사한다.

상대방과 친밀해지는 가장 쉬운 방법

1번을 골랐다면

먼저 말을 걸면 상대방도
편하게 이야기할 수 있어.
다음에는 짧은 한마디를
덧붙여 보자.

2번을 골랐다면

상대방이 '나를 알아주고
있구나.' 하고 안심하면서,
다음 이야기도 한층
부드럽게 이어질 거야.

3번을 골랐다면

"무슨 일이세요?",
"우리 마을은 처음이신가요?"
처럼 질문하면 대화가
자연스럽게 흘러갈 거야.

4번을 골랐다면

처음에는 쑥스럽겠지만,
다음에는 용기 내서
말도 걸어 보자.

누구나 첫인사는 두근거려

낯선 사람에게 처음 인사를 건넬 때는 긴장되기 마련이야. 하지만 말을 거는 순간 마음이 따뜻해질 거야. 조금만 용기를 내면 한 걸음 더 나아간 기분이 들거든. 그 따뜻한 마음이 친구와의 거리를 확 좁혀 주고, 앞으로의 학교생활을 더 즐겁게 만들어 줄 거야.

부끄러워서 말이 안 나와

부끄러워서 목소리가 잘 안 나올 때도 있지. 그럴 땐 미소 짓거나 손을 흔들어 인사만 해도 마음이 전해져.

나도 모르게 목소리가 커져

목소리가 너무 커지는 건 긴장해서 힘이 들어가서 그래. 그럴 땐 심호흡을 한 번 하고 마음을 가라앉혀 봐.

사실은 다 함께 친해지고 싶어

먼저 인사했는데 상대방이 쌀쌀맞은 반응을 보였다고 해서 너무 실망하지 마. 너와 친해지고 싶지 않은 게 아니라 상대방이 그냥 기분이 좋지 않은 날일 수도 있거든. 인사를 건넬 때는 상대방의 작은 변화를 살펴보자. 만일 표정이 어두워 보인다면, "괜찮아?" 하고 물어봐. 상대방도 안심하며 마음을 열 거야.

서로 다른 건 멋져!

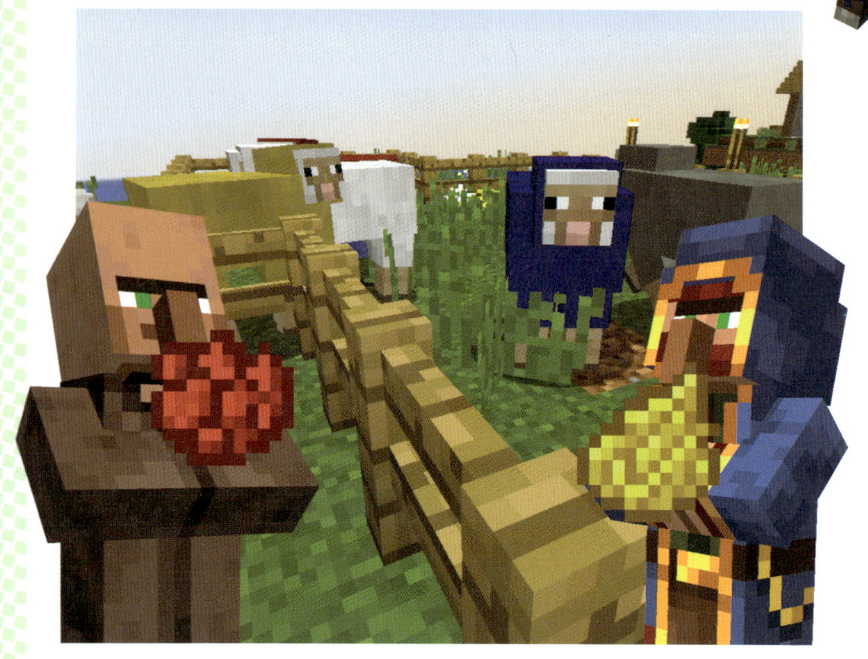

마을에서 키우던 하얀색 양의 털을 염색하기로 했어. 다 같이 모여서 어떤 색이 좋을지 이야기를 나눴어. 한 마을 주민은 "난 빨강이 좋아."라고 했고, 상인은 "노랑이 예쁠 것 같아."라고 말했어. 파랑이나 검은색으로 하고 싶다는 의견도 나왔지. 친구들끼리 의견이 하나로 모이지 않아서 결정하기가 어려울 땐 어떻게 하면 좋을까?

나라면 어떻게 할까?

아래의 네 가지 중에서 나와 가장 비슷한 것을 골라 봐.

1

내 의견은
말하지 않는다

내 의견을 말하면 싸움만
날 테니, 그냥 상대방의
의견을 받아들인다.

2

내가 고른 색으로
우긴다

뭐니 뭐니 해도
내가 고른 색이
제일이다.

3

우선 모든 사람의
의견을 듣는다

다들 무슨 색이 좋다고
하는지 모든 사람의
의견을 들어 본다.

4

한 가지 색으로
정할 필요 없잖아?

모든 사람의 의견을
반영해서 다양한 색으로
염색해 본다.

모두의 의견을 들어 보자

1번을 골랐다면

상대방의 의견을 존중하는
태도는 훌륭해. 하지만
네 의견도 분명하게
말하는 게 좋아.

2번을 골랐다면

네가 좋아하는 색이
꼭 최고일 수는 없어.
상대방의 의견도
들어 보자.

3번을 골랐다면

모두 자기 의견을
물어봐 줘서 고마울 거야.
이때 네가 원하는 색도
이야기해 보자.

4번을 골랐다면

양털에 다양한 색을 입히면
더 멋질지도! 여러 의견이
모이면 새로운 아이디어가
탄생할 거야.

사람들의 생각은 저마다 달라

다른 사람의 생각이 나와 달라도 괜찮아. 오히려 다르기 때문에 새로운 아이디어가 샘솟기도 하거든. 중요한 건 서로가 다름을 존중하면서 모두의 의견을 들어 보는 거야. 다양한 의견과 그렇게 생각한 이유를 듣고 나면 어떤 결정이 가장 좋은지 판단할 수 있을 거야.

내가 고른 색으로 바꾸고 싶어

억지로 내 의견을 밀어붙이면 안 돼. 내가 최고라고 믿어도 다른 사람은 다르게 느낄 수 있거든. 합당한 이유를 들어서 친구들을 설득해 보자.

충분한 토론과 상의가 필요해

가벼운 주제에 대해 의견이 여러 가지로 갈릴 때에는 많은 사람이 고른 의견으로 결정하는 다수결이 편리해. 하지만 다수결이 언제나 옳은 것은 아니야. 소수의 의견도 존중하고 충분한 토론과 상의를 거쳐서 결정을 내리는 게 가장 좋아.

"뭘 좋아해?"로 대화 잇기

마을 주민들이 한창 이야기를 나누고 있는데 알렉스가 다가왔어. 하지만 주민들은 자기들끼리 수다에 빠져서 알렉스가 온 걸 눈치채지 못한 것 같아. 나는 먼저 알렉스에게 다가가 "넌 뭘 좋아해?"라고 물었어. 알렉스는 "난 다이아몬드 모으는 걸 좋아해."라고 대답했지. 다음 이야기를 어떻게 이어 나가면 좋을까?

나라면 어떻게 할까?

아래의 네 가지 중에서 나와 가장 비슷한 것을 골라 봐.

1 맞장구를 친다

"오, 다이아몬드 모으는 걸 좋아하는구나!" 하고 상대방의 대답을 한 번 더 말하면서 맞장구친다.

2 공감한다

"우아, 나도 좋아하는데! 우리 통했다!"라며 공감해 준다.

3 더 물어본다

"그건 왜 좋아하는 거야?" 하고 물어본다.

4 끝까지 듣는다

내 이야기는 잠시 미루고, 상대방의 말을 끝까지 귀 기울여 듣는다.

이야기를 이어 나가는 규칙

1번을 골랐다면

상대방의 대답을
한 번 더 말해 주면,
'내 얘길 잘 듣고 있구나.'
하고 안심할 거야.

2번을 골랐다면

상대방은 금방 단짝이
된 것 같은 기분이 들 거야.
그렇지만 거짓말로 공감할
필요는 없어.

3번을 골랐다면

상대방이 "그냥."이라고
대답할 수도 있어. "다이아몬드
얼마나 모았어?"처럼 좀 더
구체적으로 질문을 해 봐.

4번을 골랐다면

자신의 이야기를 들어 줘서
친구가 기뻐할 거야. 상대의
말을 끝까지 들은 뒤에 내
이야기를 해도 늦지 않아.

"너는 뭘 좋아해?"라고 친구의 취향을 묻는 건 단순히 질문이 아니라, 상대방에 대한 관심과 호감을 자연스럽게 드러내는 표현이야. 상대방의 관심사도 알 수 있고, 서로의 공통점을 찾을 수도 있지. 이 질문 하나로 대화의 물꼬가 트여서 잘하는 것, 가고 싶은 곳 등으로 대화가 풍성하게 뻗어 나갈 수 있어.

내 이야기도 하고 싶어

'내 얘기도 하고 싶어!'라는 생각이 들 때는 심호흡을 하고 잠시 기다려 보자. 대화하다 보면 곧 내 차례가 돌아올 거야.

좀처럼 대답해 주지 않아

친구는 자신이 좋아하는 걸 말하는 게 부끄러울지도 몰라. 그럴 땐 먼저 내가 좋아하는 걸 얘기해 보면 어떨까?

연결 고리를 찾자

상대방과 좋아하는 것이 같다는 걸 발견하는 것은 보물찾기에서 보물을 찾은 것과 같아. "나도 그거 좋아해!"라는 말 한마디면 어색함은 사라지고 사이가 더 가까워질 거야. 만일 나와 좋아하는 게 다르다고 해도 걱정하지 마. "우아, 신기하다! 어떤 점이 좋아?"라며 대화를 이끌어 나가면 돼. 내가 몰랐던 새로운 세상을 알게 될 거야.

대화를 끌어내는 방법

마을 주민과 알렉스가 작업대 주위에 아무 말도 없이 어색하게 서 있어.
어제는 서로 좋아하는 것에 대해 이야기를 나눴는데, '오늘은 또 무슨
얘기를 해야 하지?' 하고 고민하는 것 같았어. 더 친해질 수 있는 좋은
기회인데, 어떤 얘기를 하면 좋을까?

나라면 어떻게 할까?

아래의 네 가지 중에서 나와 가장 비슷한 것을 골라 봐.

1

눈앞에 있는 것에 대해 이야기한다

"와, 여기 제작대가 있었네?"라며 근처에 있는 것에 대해 이야기한다.

2

상대방에게 질문한다

"네가 입은 갑옷 멋지다! 어디서 구했어?"처럼 상대방의 모습이나 행동에 대해 묻는다.

3

대답해 주었으면 하는 사람을 지목한다

"알렉스, 오늘은 날씨가 참 좋지?"처럼 이름을 붙여 말한다.

4

누군가가 먼저 말할 때까지 기다린다

먼저 말을 꺼내는 건 쑥스러우니, 누군가가 이야기를 시작할 때까지 기다린다.

대화하기 좋은 주제 고르기

1번을 골랐다면

근처에 있는 것에 대해 이야기하면 상대방도 "맞아, 나도 그거 알아!" 하며 자연스럽게 대화를 이어 나갈 수 있어.

2번을 골랐다면

상대방이 대답하기 쉬운 주제로 질문하면 대화를 훨씬 부드럽게 시작할 수 있어.

3번을 골랐다면

이름이 불리면 '아, 내가 말해도 되는구나.' 하고 안심해서 상대방도 말을 하기 쉬울 거야.

4번을 골랐다면

"그렇구나.", "우아!"와 같은 반응만 보여 줘도 상대방은 '내 얘기를 잘 들어 주고 있구나!'라고 느낄 거야.

멋지게 말을 잘해야만 친구를 많이 사귈 수 있을 거라고 생각하지만, 사실 대화에서 가장 중요한 건 마음을 전달하는 거야. 친해지고 싶은 마음이 담겨 있다면 짧은 한마디로도 충분해. 상대방에게 따뜻한 눈인사를 건네고, 대답하기 쉬운 주제로 대화를 시작해 봐. 분명 진심이 통할 거야.

말문이 막혔어

무슨 말을 해야 할지 몰라서 말문이 막힐때는, 당황하지 말고 친구를 보며 살짝 미소를 지어 봐.

잘 들어 주는 친구가 인기 최고

말을 잘하는 친구보다 내 이야기를 잘 들어 주는 친구를 좋아해. 대화는 입으로만 하는 게 아닌 귀와 눈으로도 하는 거니까. 대화를 하는 동안 친구의 말에 고개를 끄덕이거나 "진짜?", "응!"처럼 짧게 반응하면, 이야기에 집중하고 있다는 걸 보여 줄 수 있어. 친구는 네 앞에서는 무슨 말이든 편하게 할 수 있다고 느끼면서 너를 신뢰하게 될 거야.

함께 놀 기회 만들기

마을 주민과 떠돌이 상인이 술래잡기를 하면서 즐겁게 놀고

있어. 나도 같이 하고 싶은데, 먼저 말을 걸려니 조금 쑥스러워. 어떻게

하면 나도 무리에 껴서 같이 놀 수 있을까? 혹시 말을 걸었다가 거절당

할까 봐 걱정돼. 뭔가 좋은 방법이 없을까?

나라면 어떻게 할까?

아래의 네 가지 중에서 나와 가장 비슷한 것을 골라 봐.

1 주변을 서성인다

친구들이 노는 주변에서
서성거린다.

2 친구들을 따라 웃는다

친구들이 웃을 때
살짝 웃거나 "우아!" 하고
감탄한다.

3 몸을 가볍게 움직인다

달리거나 점프하면서
몸을 조금씩 움직여 본다.

4 말을 건다

먼저 용기를 내어
"나도 같이 해도 돼?" 하고
말을 건다.

나만의 '참여 신호'를 보내 봐

1번을 골랐다면

무뚝뚝하게 서 있기 보다는
살짝 미소를 짓고 있으면
친구들이 말을 걸기에
편할 거야.

2번을 골랐다면

"나도 너희가 하는
놀이에 관심이 있어."라는
긍정적인 신호로
받아들일 거야.

3번을 골랐다면

네가 달리거나
점프하는 모습을 보고
친구가 함께 놀자고
할지도 몰라.

4번을 골랐다면

용기를 내어
먼저 말을 건네면,
생각지 못한 좋은 친구가
생길지도!

한 발짝만 다가가도 괜찮아

친구에게 다가가기 전에 가슴이 콩닥거리는 건 네가 그만큼 친구와 잘 지내고 싶어 하기 때문이야. 쑥스러움은 네가 조심성이 많고 사려 깊은 아이라는 뜻이지. 처음부터 용감하게 다가가지 않아도 돼. 딱 한 발짝만 다가가 봐. 네 진심 어린 미소를 본 친구들이 네가 다가오길 기다리고 있을지도 몰라.

같이 놀기를 거절당했어

친구가 같이 놀기를 거절했다고 해서 풀 죽을 필요는 없어. 네가 싫어서가 아니라 정해진 인원이 다 차서 그럴 수도 있거든. "알았어! 다음에 같이 하자!"라고 말하고 다른 놀이를 찾자.

모험은 일단 시작해 봐야 아는 법!

우정은 눈으로 구경할 때보다 직접 부딪치며 놀 때 훨씬 더 빠르게 자라나. 거절이 두려워서 구경만 하기에는 네가 놓치게 될 즐거움이 너무 아깝지 않니? 오늘 네가 내딛는 그 한 발짝이, 내일의 단짝 친구를 데려다줄 거야.

마인크래프트 친구들

마인크래프트에는 플레이어가 선택할 수 있는 다양한 캐릭터가 있어.
너는 어떤 캐릭터가 마음에 들어?

절친 규칙

마을 주민이 밭에서 일을 하고 있는데, 갑자기 햇살이 강해져서 금세 땀을 뻘뻘 흘렸어. 주민이 지쳐서 "휴, 너무 덥네. 조금 쉴까……." 하는 그때, 철 골렘이 곁에 다가왔어. 그러자 철 골렘의 커다란 그림자가 주민을 감싸면서 시원한 그늘이 드리워졌지. 주민은 어떻게 감사 인사를 전하면 좋을까?

나라면 어떻게 할까?

아래의 네 가지 중에서 나와 가장 비슷한 것을 골라 봐.

감사 인사를 하지 않는다

철 골렘은 그냥 옆에 서 있었을 뿐이니, 굳이 감사 인사를 전하지 않는다.

"고마워."라고 말한다

"덕분에 편하게 일할 수 있었어. 고마워."라고 철 골렘에게 직접 인사를 전한다.

말 대신 행동으로 표현한다

어느 정도 일을 마치면, 이번엔 내가 철 골렘을 도와준다.

일에 방해되니 비키라고 한다

고맙다는 말은 어쩐지 쑥스럽다. 철 골렘에게 그 자리에 물을 줘야 하니 이만 비키라고 말한다.

고마울 때는
자신의 마음을 표현해

1번을 골랐다면

철 골렘은 우연히 그 자리에
서 있던 건지도 몰라.
하지만 감사 인사를 건네면
대화할 기회가 생길 거야.

2번을 골랐다면

고맙다고 말하면 철 골렘은
자신을 신경 써 주었다고
생각할 거야. 그러면 서로
다정한 마음을 나눌 수 있어.

3번을 골랐다면

먼저 도움을 받았으니,
다음엔 도움을 줄 차례야.
철 골렘도 도움을 받으면
분명 기뻐할 거야.

4번을 골랐다면

철 골렘은 너를 위해
일부러 와 준 걸지도 몰라.
쑥스러워도 고맙다고
이야기해 봐.

"고마워."라는 말에는 단순한 인사를 넘어 상대방이 나에게 '소중한 존재'라고 인정하는 의미가 담겨 있어. 상대방이 나를 위해 베푼 다정한 마음을 알아차릴 때 서로의 마음이 따뜻하게 연결될 거야.

고맙다는 말이 쑥스러워

쑥스러워서 고맙다는 말이 나오지 않을 때는 상대방의 얼굴을 보면서 싱긋 웃어 봐. 너의 마음이 전달될 거야.

마법의 말 '고마워'

"고마워."라고 말하면, 말하는 사람도 듣는 사람도 마음이 따뜻해져서 두 사람의 관계가 더욱 끈끈해질 거야. 서둘러 표현하려고 애쓰지 않아도 괜찮아. 그런 마음을 품고 있으면 언젠가 자연스럽게 말할 수 있게 될 테니까. 그리고 "고마워."라고 말하고 나면, 스스로를 소중히 대하는 마음도 함께 자라난단다.

친구가 자기 생각만 고집할 때는?

마을에 엔더맨이 갑자기 나타나서 종을 훔쳐 가려는 걸 철 골렘과 힘을 합쳐서 간신히 막았어. 종은 마을에 단 하나뿐인 아주 소중한 블록이야. 다시 또 이런 일이 일어나지 않도록 지금보다 안전한 곳에 종을 두기로 했지. 그런데 나는 마을 입구 쪽에 두자고 했는데, 철 골렘은 종을 마을 정중앙에 놓는 것이 안전하다고 우겼어. 이렇게 친구가 자기 생각만 고집할 때는 어떻게 하면 좋을까?

나라면 어떻게 할까?

아래의 네 가지 중에서 나와 가장 비슷한 것을 골라 봐.

1 왜 그렇게 생각하는지 묻는다

왜 거기에 놓아야 한다고
생각하는지 물어보고,
친구의 의견을 자세히
듣는다.

2 내 의견을 고집한다

질 수 없다!
나도 친구에게 내 의견을
강하게 밀어붙인다.

3 다른 의견을 가진 친구와 말하지 않는다

다른 의견을 가진 친구와는
말이 통하지 않을 테니 별로
이야기하고 싶지 않다.

4 친구의 의견에 무조건 따른다

실랑이를 하고 싶지 않으니
내 의견은 말하지 않고
상대방 의견을 따른다.

친구의 생각을 인정하기

1번을 골랐다면

친구가 의견을 낸 이유를 알게 될 수도 있어. 그리고 모두에게 좋은 방법을 발견할지도 몰라.

2번을 골랐다면

친구가 고집을 부린다고 해서 나도 내 의견을 억지로 밀어붙이면 싸움으로 번질 수도 있어.

3번을 골랐다면

의견과 의견을 낸 사람은 구분해야 해. 대화를 피하지 말고 의견을 나누다 보면 친구를 더 잘 이해하게 될 거야.

4번을 골랐다면

친구와 다른 의견을 말하면 싸움으로 이어질까 봐 두려울 수 있어. 하지만 계속 참으면 마음이 더 괴로울 거야.

다른 생각도 존중해야 해

다양한 의견이 있어야 토론이 더 재미있어. 그리고 다툼을 막기 위해서라도 다 함께 이야기를 나누는 게 중요해. 어떤 의견이든 좋은 부분이 꼭 있을 거야. 나랑은 다른 생각이어도 "그렇게 생각할 수도 있구나." 하고 인정하면서 들으면 새로운 아이디어가 떠오르기도 해. 그러다 보면 다른 의견을 듣는 것도 점점 즐거워질 거야.

도저히 양보할 수 없어!

내 마음이 다치거나, 잘못된 일이라면 양보하지 않아도 돼. 단호하게 "이건 못 하겠어."라고 말하자.

친구가 자기 말만 맞다고 계속 우겨

강한 말투로 주장하는 건 속으로 불안하기 때문일지도 몰라. 그럴 땐 친구에게 "네 생각도 좋은데, 내 생각도 들어 볼래?" 라고 이야기해 봐.

내 의견이 받아들여지지 않아서 속상해

나와 네가 다르듯, 의견도 서로 다른 것이니까 실망할 필요 없어. "그런가?" 하고 가볍게 넘겨 봐.

스티브와 알렉스는 광석을 캐러 광산에 갔어. 철광석과 구리 광석 등을 잔뜩 캐고 집으로 돌아가려는데, 마침 반짝반짝 빛나는 다이아몬드 광석을 발견했어. 그런데 스티브와 알렉스가 서로 "내가 먼저 발견했어!", "아니야, 내가 먼저 캤으니까 내 거야!" 하다가 결국 싸우고 말았지. 마을로 돌아와서도 둘 다 좀처럼 화가 풀리지 않았어. 어떻게 하면 좋을까?

나라면 어떻게 할까?

아래의 네 가지 중에서 나와 가장 비슷한 것을 골라 봐.

**용기 있게 먼저
사과한다**

눈 딱 감고 먼저 친구에게
미안하다고 사과한다.

**친구가 사과할 때까지
기다린다**

내 잘못이 아닌데
사과하는 건 억울하니
친구가 사과할 때까지
기다린다.

**일단 그 자리에서
벗어난다**

어색한 분위기는 견디기
힘드니까 일단 자리를
피한다.

**왜 싸우게 되었는지
생각해 본다**

친구가 왜 화가 났는지,
내 말이 친구에게 어떤
상처가 되었는지 곰곰
생각해 본다.

화해의 길잡이

1번을 골랐다면

미안하다는 한마디가 친구의 마음을 달래 주는 중요한 첫걸음이 돼. 생각보다 쉽게 화해할 수 있을지도 몰라.

2번을 골랐다면

친구의 사과를 기다리는 동안 내 마음은 더 복잡해질 거야. 그렇게 되면 화해하기가 더 어려워져.

3번을 골랐다면

그 자리를 벗어나면 당장은 마음이 편할 수 있어. 하지만 시간이 지날수록 어색함은 더 커질 수 있지.

4번을 골랐다면

상대방의 마음을 헤아린다는 건 대단한 일이야. 서로의 마음을 이해하게 되면 분명 화해할 수 있을 거야.

친구와 싸우고 나서 시간이 흐르면 '그때 그렇게 말하지 말걸.' 하고 후회가 밀려오기도 해. 친구와 서먹하게 지내는 건 정말 괴로운 일이야. 사과를 받아 줄지 걱정하기보다, 친구와 다시 잘 지내고 싶다는 진심에 집중해 봐. 용기 내어 건넨 "미안해."라는 말 한마디에 무거웠던 마음이 한결 가벼워질 거야.

나는 잘못한 게 없어

'잘못은 친구가 했고, 나는 잘못한 게 없어.'라고 생각될 때도 있어. 하지만 분명 친구도 똑같이 생각하고 있을걸?

화가 풀리지 않아

친구가 사과해도 화가 풀리지 않는다면 시간이 필요한 거야. 그래도 화해는 빠르게 하자. 시간이 지날수록 더 어렵거든.

친구와 싸우는 게 무조건 나쁜 건 아니야. 나와 상대방을 더 깊이 아는 기회가 되기도 해. 특히 초등학생 때는 친구들 사이에 서로의 마음이 부딪히는 일이 많아. 하지만 그만큼 화해했을 때의 기쁨도 크고, 상대방과의 관계도 더 단단해져. '내가 먼저 다가가 볼까?'라는 생각이 우정을 지켜 줄 거야.

나와 잘 맞지 않는 친구가 다가온다면?

주민들은 늪의 오두막에 사는 마녀를 좋아하지 않았어. 다른 주민들과 달리 창백한 피부, 보라색 눈동자에 코에 작은 사마귀가 나 있는 모습이 왠지 다가가기 어려웠거든. 그런데 마녀가 아이들에게 물약을 보여 주면서 상냥하게 웃는 모습을 보고 주민들은 마녀를 더 이상 싫어하지 않게 되었지.

만약 마녀처럼 별로 친해지고 싶지 않다고 생각했던 사람이 다가오면 어떻게 할 거야?

나라면 어떻게 할까?

아래의 네 가지 중에서 나와 가장 비슷한 것을 골라 봐.

1

조용히 자리를 뜬다

갑자기 대화하는 건
불편하니까 눈에 띄지 않게
조용히 자리를
피한다.

2

못 본 척한다

눈이 마주칠 것 같아도
못 본 척하며 아무 반응도
하지 않는다.

3

먼저 인사한다

용기 내어 먼저
"안녕!" 하고 인사한다.

4

어떤 사람인지
살펴본다

어떤 사람인지 지켜보며
자세히 관찰한다.

사람을 보는 눈을 넓혀 보자

1번을 골랐다면

그 자리를 피하면 당장의
어색함은 덜할 수 있지만,
상대방의 속마음을 알 수 있는
기회를 놓치게 돼.

2번을 골랐다면

모르는 척하더라도
상대방이 눈치채고
상처받을 수 있어.

3번을 골랐다면

용기를 내어 먼저 다가가면
상대방도 마음을 놓을 거야.
어쩌면 새로운 친구가
될지도 몰라.

4번을 골랐다면

가만히 지켜보다 보면
의외로 상냥한 부분을
발견할 수도 있어.

편견을 버리고 바라보자

나와 잘 맞지 않겠다고 생각한 이유를 떠올려 봐. 친구의 겉모습이나 말투가 무서워 보인다는 등의 이유로 나와는 다른 성격이라고 느꼈을 수도 있어. 먼저 친구의 어떤 부분을 별로라고 느끼는지 그 이유를 정리해 봐. 그러면 내가 잘 몰라서 괜히 어렵게 느낀 건지, 아니면 나와 정말로 안 맞는 친구인지 확실히 알게 될 거야.

친구가 계속 불편해

모든 친구와 단짝이 될 수는 없어. 계속 불편하다면 그 친구와 적당한 거리를 두어도 괜찮아.

불편함 속에 숨어 있는 성장의 기회

평소에 불편하다고 느꼈던 상대방과 마주하는 건 오히려 큰 기회일 수도 있어. 상대방의 새로운 생각이나 뜻밖의 다정함을 발견할 수도 있으니까. 그러니 잘 맞지 않는 사람과도 대화를 시도해 보고, 그 사람의 좋은 점을 찾아보자. 처음에는 긴장될 수도 있지만, 몇 번 도전하다 보면 자신감이 생길 거야.

눈 덮인 생물 군계를 여행하다 작은 이글루를 발견했어. 그 안에 주민이 있었는데, 몹시 추운지 몸을 덜덜 떨고 있었지. 주민은 모닥불로 몸을 녹이고 싶지만 연료가 떨어져서 불을 피울 수 없다고 했어. 마침 내 보관함에 숯이 있었는데, 막상 주려고 하니 아깝다는 생각이 드는 거야. 이럴 때는 어떻게 해야 할까?

나라면 어떻게 할까?

아래의 네 가지 중에서 나와 가장 비슷한 것을 골라 봐.

모른 척한다

귀찮아질 것 같으니
모른 척하고
그냥 지나간다.

숯을 준다

아깝지만 필요한
주민에게 갖고 있던
숯을 건넨다.

도움이 필요한지
물어본다

주민에게 "같이 연료 찾으러
갈래?" 하고 물어본다.

숯이 있는 곳을
알려 준다

굳이 같이 가고 싶지는 않다.
주민에게 숯이 있는
장소만 알려 준다.

공감하고 배려하는 따뜻한 마음

1번을 골랐다면

모른 척하면 귀찮은 일은
생기지 않을 거야.
하지만 계속 신경
쓰이지 않을까?

2번을 골랐다면

어려움에 처한 사람을
지나치지 못하고 도와주는
너는 분명 마음이
따뜻한 사람이야.

3번을 골랐다면

일방적으로 도움을 주는 것보다
친구에게 먼저 도움이
필요한지 물어보는 게 좋아.

4번을 골랐다면

곤란한 상황에서는
작은 조언도 큰 힘이 돼.
"같이 찾아볼래?" 하고
물어보는 것도 좋아.

작은 도움부터 시작하자

친구가 어려움에 처했다는 걸 알아차린 것만으로도 너는 이미 충분히 다정하고 좋은 친구야. 너무 완벽하게 친구를 도와주려고 부담 갖지 않아도 돼. 도움을 주는 작은 말 한마디나 손길이 친구에게는 큰 힘이 될 거야. 도움을 받은 친구가 건네는 "고마워." 또는 "네 덕분이야."라는 말에 너 자신도 행복해질 거야.

도움을 거절당했어

친구가 도움을 거절했다면
혼자 해내고 싶은 거야.
친구를 응원해 주자.

고맙다는 인사를 못 받았어

도와줬는데 친구가 인사를 하지
않으면 섭섭할 수 있어. 하지만
친구의 안심하는 표정만으로도
기쁘지 않니?

새로운 무리에 들어가는 법

스티브는 알렉스가 사는 마을로 놀러 가는 길에 한 좀비 무리를 발견했어. 그런데 자세히 살펴보니, 주민 좀비 하나가 무리에 끼지 못하고 주변을 맴돌며 안절부절못하고 있었지.

알렉스네 마을에 도착하자 스티브도 어쩐지 불안해졌어. 이 마을에 알렉스 말고는 모르는 사람뿐이거든. 과연 이 마을 주민들과 잘 어울릴 수 있을까? 낯선 곳에서 새 친구를 사귈 때 어떻게 하면 좋을까?

나라면 어떻게 할까?

아래의 네 가지 중에서 나와 가장 비슷한 것을 골라 봐.

1

**눈이 마주친 주민에게
살짝 웃어 보인다**

친절해 보이는 사람을
찾아 눈이 마주치면
생긋 웃어 본다.

2

**멀리서 주민들의
모습을 살핀다**

긴장돼서 곧바로 다가가기는
어려우니, 멀찍이 떨어져서
분위기를 지켜본다.

3

용기 내어 말을 건다

"안녕! 나도 같이 놀아도 돼?"
하고 씩씩하게
말을 건다.

4

**친구에게 소개를
부탁한다**

내가 먼저 말을 걸기는 무서우니
친구에게 부탁해서 다른
사람들을 소개받는다.

무리 안으로 뛰어드는 용기를 내 보자

1번을 골랐다면

말 걸기 편한 사람을 고르는 건
아주 좋은 작전이야.
눈이 마주치면 가볍게
인사를 해 보는 것도 좋아.

2번을 골랐다면

멀리서 보기만 하면 네가
있는지 아무도 모를 거야. 용기
내어 가까이 가면 누군가
말을 걸지도 몰라.

3번을 골랐다면

상대방이 좋아하는 놀이가
뭔지 묻거나, 내가 좋아하는
놀이가 뭔지 알려 주면
금세 친해질 거야.

4번을 골랐다면

친구가 사람들을 소개해
주었다면, 이번에는
내 소개를 해 보자.

작은 용기가 새로운 세상을 연다

처음 보는 무리에 들어갈 때는 누구나 가슴이 콩닥거리고 긴장돼. 하지만 그 긴장을 뚫고 내딛는 작은 한 걸음이 새로운 우정을 만들어. 몇 번 용기를 내다 보면 내 마음을 전하는 게 점점 쉬워지고, 상대방의 이야기도 들을 수 있는 여유가 생길 거야. 학교에서든 놀이터에서든 먼저 가벼운 인사를 건네 봐. 새로운 세상 속 친구가 기다리고 있을 거야.

긴장이 멈추지 않아

주변 시선을 너무 신경 쓰면 긴장하게 돼. 그럴 땐 가볍게 심호흡하면서 속으로 '괜찮아.'라고 여러 번 말해 보자.

친구들에게 거절당했어

싫다고 거절당하더라도 괜찮아. 단지 타이밍이 좋지 않은 걸지도 몰라. 신경 쓰지 말고 다른 무리를 찾아보면 돼.

거절은 상냥하게

어렵게 구한 금 주괴와 사과를 조합하여 황금 사과를 만들었어. 좀비 주민을 치료할 때 쓰려고 소중히 가지고 다녔지. 그런데 떠돌이 상인이 그걸 보더니 "우아, 멋지다! 나 줘!"라는 거야. 내 소중한 황금 사과를 주고 싶지 않은데, 거절하면 떠돌이 상인이 날 미워할까 봐 걱정이야. 어떻게 하면 좋을까?

나라면 어떻게 할까?

아래의 네 가지 중에서 나와 가장 비슷한 것을 골라 봐.

1

마지못해 준다

주고 싶지 않지만,
미움받기 싫어서
황금 사과를 건넨다.

2

단호하게 거절한다

어렵게 만든 소중한
아이템이므로 "안 돼!"하고
단호하게 말한다.

3

부드럽게 거절한다

"미안, 이건 내 소중한
아이템이라서."하고
상냥하게 거절한다.

4

조건을 붙인다

"네 다이아몬드랑 바꿔
준다면 생각해 볼게."라고
제안한다.

상냥하게 거절하는 비결

1번을 골랐다면

억지로 건네면 내 마음이 상처받을지도 몰라. 나중에 '그때 거절할걸.' 하고 후회할 수도 있어.

2번을 골랐다면

단호하게 말하면 상대방이 쉽게 포기할 거야. 그런데 너무 강하게 말하면 상대방이 무서워할지도?

3번을 골랐다면

거절하는 이유를 솔직하게 말하면 친구도 '아, 그렇구나.' 하고 이해할 거야.

4번을 골랐다면

납득할 만한 조건이라면 아이템을 교환해 줄지도 몰라. 조급해하지 말고 친구의 대답을 기다려 보자.

"싫어."라고만 하면 친구는 이유도 모른 채 갑자기 거절당했다고 느낄 거야. 따라서 왜 싫은지, 그 이유를 잘 설명하는 것도 중요해. 이유를 알면 친구가 쉽게 이해할 수 있고, 기분도 상하지 않을 거야. 또 친구도 그냥 말해 본 것일 수도 있으니, 너무 걱정하지 말고 잘 이야기해 보자.

친구가 무리한 요구를 해

친구가 무리한 요구를 하면 "솔직히 별로 내키지 않아." 하고 사실대로 말해 보자. 그러면 싸움으로 번지지 않을 거야.

미움받을까 봐 무서워

친구에게 미움받고 싶지 않아서 거절하지 못하는 경우가 있어. 하지만 내 마음의 소리에 귀 기울이지 않으면, 나중에 더 괴로워질 거야.

나중에 스스로를 탓하지 않기 위해

거절하는 건 내 마음을 지키는 일이야. 받아들이기 싫은 부탁은 처음부터 깔끔하게 거절해야 나중에 나 자신을 탓하지 않게 돼. 거절은 친구를 부정하는 일이 아니야. "그건 싫지만, 너와 노는 건 즐거워."라고 말하면 친구도 분명 이해할 거야.

친구들과 함께 물약 재료를 구하러 네더로 갔어. 그곳에서 피글린 무리를 만나 금을 주고 물물 교환을 하려 했지. 그런데 피글린 하나가 무리에서 멀리 떨어져 있었어. 알고 보니 그 피글린은 금 아이템을 갖고 있지 않아서 피글린 무리에서 쫓겨난 거였어. 그 모습을 보니 어쩐지 마음이 아파. 어떻게 하면 좋을까?

나라면 어떻게 할까?

아래의 네 가지 중에서 나와 가장 비슷한 것을 골라 봐.

1

같이 놀자고 한다

혼자서는 외로울 것 같으니
"이리 와서 우리랑 같이
놀래?"라고 한다.

2

나도 무시한다

다른 피글린들과
마찬가지로
나도 무시한다.

3

이름을 부르며 인사를 한다

"안녕, 피글린!" 하고
친근하게 이름을 부르며
인사를 한다.

4

친구들과 상의한다

소외당한 피글린을
우리 무리에 끼워 주면
어떨지 친구들과
상의한다.

작은 친절만으로도 충분해!

1번을 골랐다면

용기 있는 선택이야.
같이 놀 친구가 많아지는 건
기쁜 일이니까.

2번을 골랐다면

다른 무리의 일에 상관하지
않으면 문제도 생기지 않아.
하지만 새로운 친구를 사귈
기회도 놓칠 거야.

3번을 골랐다면

이름을 부르며
인사를 건네는 것은
친구의 존재감을 인정해
주는 방법이야.

4번을 골랐다면

혼자 결정하기보다
친구들과 같이 상의하는 게
좋아. 다 함께 놀자고
권유해 보자.

친구 관계는 사람들이 모여 커다란 원을 그리는 것과
같아. 원 안에 있는 사람들이 한 발짝씩만 옆으로 비켜
서 자리를 내어 준다면, 소외된 친구도 충분히 그 원 안
에 들어올 수 있지. 너의 작은 한 걸음이 그 친구에게는
밝은 빛이 될 수 있어.

나까지 소외되면 어쩌지?
친구를 돕다가 나까지 소외될까
걱정하는 건 자연스러운 마음이야.
그럴 땐 당장 나서지 말고
아무도 없을 때 소외된 친구에게
슬쩍 말을 걸어 봐.

어른이 되면 지금껏 사이가 좋았던 친구와도 조금씩 멀어지는 시
기가 찾아와. 아주 나중일 수도 있고, 생각보다 빨리 찾아올 수도
있어. 언제까지나 친구로 지내고 싶다는 마음은 참 멋진 일이지만
헤어짐을 성장의 발판으로 삼으면, 이전보다 더 단단하고
멋진 나로 자랄 수 있을 거야.

소문이 사실일까?

스티브는 알렉스, 그리고 떠돌이 상인과 함께 노는 걸 가장 좋아해. 그런데 어느 날, 한 마을 주민이 스티브에게 다가와 "스티브, 사실 저 둘이 너를 싫어한대!" 라고 속삭였어.

'나랑 있을 때 그렇게 환하게 웃었는데, 정말일까?'

주민의 말을 믿자니 슬프고, 무시하자니 신경이 쓰여 스티브는 마음이 복잡해졌어.

나라면 어떻게 할까?

아래의 네 가지 중에서 나와 가장 비슷한 것을 골라 봐.

소문을 믿고 친구와 거리를 둔다

마음이 상해서 두 사람이 있는 곳엔 가지 않고, 말도 걸지 않는다.

오해가 아닌지 직접 물어본다

두 사람에게 "주민의 말이 사실이야?" 하고 직접 물어본다.

신경 쓰지 않고 평소처럼 논다

소문은 소문일 뿐! 내가 겪은 친구들의 모습을 믿고 즐겁게 논다.

다른 사람과 상의한다

선생님이나 부모님께 털어놓고, 어떻게 하면 좋을지 지혜를 구한다.

소문에 휘둘리지 마!

1번을 골랐다면

거리를 두고 지켜보는 동안,
친구들과 사이가
멀어질지도 몰라.

2번을 골랐다면

친구들에게 소문이 사실이
아님을 확인하고 나면
전보다 사이가
더 좋아질지도 몰라.

3번을 골랐다면

내가 직접 보고 느낀
친구의 모습을 믿는다면,
근거 없는 소문은 금방
사라지게 될 거야.

4번을 골랐다면

어른들의 조언을 들으면
상황을 더 객관적으로
볼 수 있고 마음도
한결 편해질 거야.

누군가 나쁜 말을 전해 주면 아무리 친한 친구라도 의심이 생길 수 있어. 그럴 땐 '내가 아는 친구의 모습'을 떠올려 봐. 소문에 휘둘리지 않고 내 마음을 먼저 들여다보면, 어떤 선택을 해야 할지 힌트를 얻을 수 있어. 소문을 이겨 내는 과정 끝에 진정한 우정을 찾게 될 거야!

소문이 진짜인지 의심돼

그럴 때는 일단 생각을 멈추고 '소문이 정말 사실일까?'라고 스스로에게 물어보자.

내가 소문의 주인공이라면?

"사실이 아니야."라고 단호하게 말해. 혼자 해결하기 힘들 때는 꼭 어른들에게 도움을 요청해.

단단한 나무가 되자

소문은 산불처럼 아주 빠르게 번져서 반 전체의 분위기를 바꾸기도 해. 하지만 소문을 그대로 믿지 않고 '진짜 내 생각'을 지키려 노력하면, 소문이라는 바람에 쉽게 쓰러지지 않는 단단한 나무가 될 수 있어. 내 마음의 소리를 듣고, 친구를 직접 마주해 봐. 그러면 소문 뒤에 숨겨진 진실을 밝히고 소중한 친구도 지킬 수 있어!

어느 날 알렉스와 함께 집으로 걸어가고 있었어. 그런데 갑자기 나타난 약탈자들이 나를 보며 "어우! 진짜 이상하게 생긴 녀석이네."라며 툭 내뱉는 거야. 그 순간 마음이 쿵 내려앉으면서 아무 말도 할 수 없었어. 기운도 쭉 빠졌지. 이대로 가만히 있으면 내 마음이 더 상처 입을 것 같은데, 이럴 땐 어떻게 하면 좋을까?

나라면 어떻게 할까?

아래의 네 가지 중에서 나와 가장 비슷한 것을 골라 봐.

1

나도 되받아친다

분한 마음에
나도 똑같이 나쁜 말로
되받아친다.

2

그 자리에서
벗어난다

더 이상 듣기 싫으니
그냥 그 자리를 빠르게
벗어나 버린다.

3

곁에 있는 친구에게
도움을 요청한다

같이 있던 알렉스에게
어쩌면 좋을지
상의한다.

4

내 기분을 솔직하게
말한다

"방금 네가 한 말에
상처받았어."라고
솔직하게 말한다.

나쁜 말에는 지지 말자!

1번을 골랐다면

강하게 되받아치면 당장은 속이 시원하더라도 나중에 네가 더 상처받을 수도 있어.

2번을 골랐다면

나쁜 말을 들었을 때 그 자리를 벗어나는 건 현명한 방법이야! 내 마음을 지키기 위해 잠시 물러나는 거지.

3번을 골랐다면

내 편이 되어 주는 친구가 있다면 '나쁜 말 따위에 무너지지 않아!'라는 마음이 생길 거야.

4번을 골랐다면

상처받은 마음을 솔직하게 표현하면 상대방도 반성하고 사과할지도 몰라.

나쁜 말은 마음의 방패로 막자

친구의 나쁜 말을 듣고 마음이 아픈 건, 그만큼 착한 마음을 가졌다는 증거야. 속상하겠지만, "나는 여전히 소중한 사람이야."라고 스스로에게 말해 줘. 그리고 조금 진정이 되면 친구와 대화를 시도해 봐. 서로 존중하는 말을 쓰자고 약속하는 거지. 하지만 친구가 계속해서 나쁜 말을 한다면, 억지로 친하게 지내려 애쓰기보다 거리를 두는 것이 나를 지키는 방법이야.

**믿었던 친구에게
나쁜 말을 들었어**
정말 큰 충격일 거야. 하지만 친구의 나쁜 말이 '진짜 나의 모습'은 아니라는 걸 꼭 기억해.

화가 치밀어 올라
당장이라도 공격하고 싶겠지만 잠시 멈춰 봐. 일단 심호흡을 하며 그 자리에서 벗어나는 게 우선이야.

나를 지키는 힘을 기르자

나쁜 말에 지지 않으려면 무엇보다 '나는 소중한 존재'라는 믿음이 중요해. 속상한 마음이 드는 건 어쩔 수 없지만, '나는 노력하고 있어.'라고 생각하는 것만으로도 다시 앞으로 나아갈 힘이 생길 거야. 마음이 어지러울 땐 심호흡을 하며 열까지 천천히 세어 봐. 그러는 동안 나쁜 말의 기운은 점점 사라질 테니까.

편리한 아이템 소개

마인크래프트에서 유용하게 쓰이는 아이템이야.

곡괭이

단단한 암석을 부수는 데 쓰여.

도끼

나무를 벨 때 사용해.

검

휘두르면 몹에게 대미지를 입힐
수 있어.

갑옷

몹의 공격으로부터 몸을 지켜 줘.

양동이

물을 뜨거나 우유를 짤 수 있어.

겉날개

착용하면 하늘을 자유롭게 날 수
있어.

제 3 장

나를 소중히 여기는 규칙

진심을 전하자

스티브는 새로 얻은 다이아몬드 곡괭이를 친구에게 자랑하고 싶었어.

설레는 마음으로 약속 장소로 가고 있는데, 갑자기 나타난 크리퍼가

"쾅!" 폭발했어. 그 바람에 곡괭이가 그만 망가져 버렸어.

'어쩌면 좋지? 친구한테 멋지게 보여 주고 싶었는데…….'

고민에 빠진 그때, 저 멀리서 친구가 손을 흔들며 다가오고 있어. 스티브는 어떻게 하면 좋을까?

나라면 어떻게 할까?

아래의 네 가지 중에서 나와 가장 비슷한 것을 골라 봐.

멀쩡한 척 연기한다

망가진 부분을 가리고,
아무 일 없는 듯
자랑한다.

슬쩍 감추고 넘어간다

곡괭이를 등 뒤에 감추고
대충 다른 이야기로
넘어간다.

솔직히 말한다

"오다가 크리퍼가 폭발하는
바람에 망가졌어."라고
사실대로 말한다.

거짓말한다

"아, 그 곡괭이?
집에 놓고 왔어."라고
거짓말한다.

솔직하게 사실대로 말하자

1번을 골랐다면

계속 숨기다 보면 마음이 조마조마해서 친구와 노는 시간이 즐겁지 않을 거야.

2번을 골랐다면

친구가 나중에 보여 달라고 하면 곤란해질지도 몰라. 작은 거짓말이 점점 커지는 상황은 피하는 게 좋겠지?

3번을 골랐다면

처음에는 용기가 필요하지만, 기분은 훨씬 편해질 거야. 친구가 같이 고칠 방법을 알려 줄지도 몰라.

4번을 골랐다면

친구를 만날 때마다 거짓말을 꾸며 내야 해. 그러다 거짓말이 들통나면 친구가 서운해할 수도 있어.

거짓말보다 힘이 센 '솔직함'

자랑하고 싶었던 물건이 망가지면 속상하고 숨기고 싶은 마음이 들 거야. 하지만 거짓말을 하면 나중에 더 큰 용기가 필요하게 돼. 처음부터 솔직하게 말하는 것이 나를 지키고 우정도 지키는 가장 쉬운 길이야. 말로 하기 어렵다면 메시지를 보내거나 종이에 적어서 전달하는 것도 좋은 방법이야. 어떤 방식으로든 진심을 솔직하게 전하면, 마음의 무게가 한결 가벼워질 거야.

도저히 입이 떨어지지 않아

사실대로 말하기 힘들 때는 심호흡을 하고 '지금 내가 말하기 힘들구나.' 하고 내 마음을 먼저 알아 줘. 충분히 진정된 후에 말해도 돼.

들키는 건 무서워

거짓말이 쌓일수록 두려움도 커지기 마련이야. 모두 한꺼번에 말하지 않아도 괜찮아. "사실은……."이라고 운을 떼는 것만으로도 큰 용기란다.

실패도 소중한 경험

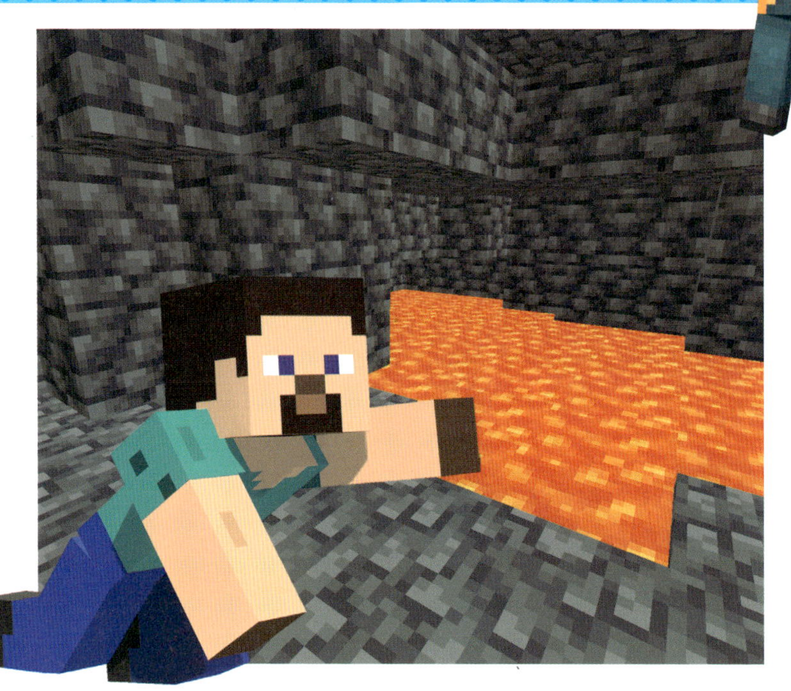

동굴 깊은 곳에서 친구들과 힘을 모아서 희귀한 아이템을 발견했어. 그런데 아차 하는 순간, 아이템이 데구루루 굴러가더니 뜨거운 용암 속으로 풍덩 빠져 버리고 말았어. 나는 "안 돼! 얼마나 힘들게 찾은 건데!" 하고 소리쳤지. 공들인 노력이 한순간에 사라지자 눈앞이 캄캄해졌어. 이대로 포기할지, 다시 아이템을 찾아나서야 할지 모르겠어. 어떻게 해야 할까?

나라면 어떻게 할까?

아래의 네 가지 중에서 나와 가장 비슷한 것을 골라 봐.

일단 멈추고 쉰다

지금은 속상하니 모든 작업을
멈추고 푹 쉬면서 마음을
가라앉힌다.

모르는 척 자리를 피한다

속상한 기분을 지우기 위해
얼른 동굴 밖으로 나가
다른 일을 찾아본다.

친구들에게 다시 도전하자고 말한다

친구들에게 한 번 더
아이템을 찾아보자고
권한다.

다른 작전을 짜 본다

똑같은 실수를 하지 않도록
이번엔 다른 도구나
방법을 사용해 본다.

여러 방법을 시도해 보자

1번을 골랐다면

지친 마음을 돌보는 것도 중요해. 하지만 너무 오래 쉬면 다시 도전할 기회를 놓칠지도 몰라.

2번을 골랐다면

그 순간엔 분한 기분이 사라질지 몰라도, 나중에 '한 번 더 해 볼걸.' 하는 후회가 남을지도 몰라.

3번을 골랐다면

멋진 리더십이야! 여럿이 힘을 합치면 상처도 빨리 아물고, 새로운 아이디어도 더 샘솟을 거야.

4번을 골랐다면

다른 방식을 시도해 보면 새로운 아이디어가 떠오르기도 해. 변화를 두려워하지 말고 도전을 즐겨 보자.

실패는 다음 성공을 위한 씨앗

실패하면 누구나 자신에게 실망해. 하지만 그 실패는 다음 도전을 더욱 흥미롭게 만드는 소중한 씨앗이 되기도 해. '그래도 끝까지 도전했어!'라고 생각하면 다시 시작할 힘이 생길 거야. 잠시 쉬었다가 다시 시도하거나 다른 친구의 도움을 받아도 좋아. 중요한 것은 도전이 헛되지 않았다는 거야.

분한 마음이 가시질 않아

실패가 계속되면 그냥 포기하고 싶어져. 그럴 때는 종이에 '내가 할 수 있는 일'을 적어 보는 것도 좋은 방법이야.

실패를 비웃는 사람이 있다면

오히려 당당하게 "으악, 실패했어!"라고 말해 보자. 입 밖으로 꺼내면 기분이 훨씬 가벼워질 거야.

실패해도 한 번 더!

아무리 노력하고 주의를 기울여도 실패할 때가 있어. 하지만 실패는 또 다른 성장의 기회이기도 해. 방법을 바꿔 보면 지금까지와는 다른 새로운 아이디어가 떠오르기도 하지. 도전했기 때문에 실패도 있는 거야. 그러니 실패했을 때는 '도전하느라 고생했다. 잘했어.'라고 스스로를 칭찬하자!

스스로를 칭찬하자

알렉스와 함께 네더에 있는 뒤틀린 숲에 도착했어. 으스스한 분위기에

나는 겁이 나서 입구에서 망설이고 있었지. 그런데 알렉스는 용감하게

숲으로 들어가더니, 버섯불과 뒤틀린 판자를 한가득 들고 돌아왔어.

'나는 무서워서 한 발짝도 못 움직였는데…….'라며 알렉스와 비교하니

왠지 내가 작아 보이고 자신감이 뚝 떨어졌어. 이렇게 마음이 울적해질

땐 어떻게 하면 좋을까?

나라면 어떻게 할까?

아래의 네 가지 중에서 나와 가장 비슷한 것을 골라 봐.

친구와 비교하며 장점을 찾는다

친구보다 내가
더 잘하는 것을 열심히
찾아본다.

좋아하는 일에 집중한다

못하는 건 포기하고,
내가 잘하고 좋아하는 일을
계속한다.

작은 성공을 기록한다

사소한 일이라도 좋으니
오늘 해낸 일을 공책에 적어
내 노력을 되돌아본다.

일단 안전한 곳으로 돌아간다

무서운 곳에서 버티느니
안전한 집으로 돌아가
마음을 추스른다.

내가 조금 더 믿는 길로!

1

1번을 골랐다면

친구와 비교하기 보다,
내가 어디까지 해냈는지를
살펴보면 자신이 얼마나
성장했는지 느낄 수
있을 거야.

2

2번을 골랐다면

주변의 말에 휘둘리지 말고
좋아하는 일을 계속하다
보면, '이건 내 보물이야.'라고
느껴지는 날이 올 거야.

3

3번을 골랐다면

공책에 써 놓은 것을 보면
예전엔 어려웠던 일도
어느새 전보다 잘 해내고
있는 걸 알게 될 거야.

4

4번을 골랐다면

무서운 곳으로는 좀처럼 발이
떨어지지 않지. 하지만
언젠가는 용기를 내야 하는
순간이 반드시 찾아와.

내가 해낸 일에 눈길을 돌려 봐. 다른 사람과 비교하지 말고 내 마음의 소리를 믿어 보는 거야. "오늘은 숲 입구까지 갔어!", "친구의 용기를 멋지다고 칭찬해 줬어!" 같은 작은 성공이 모여 단단한 자신감이 될 거야. 나다움을 소중히 여기는 마음이 쌓이면, 어떤 곳에서도 당당하게 나만의 빛을 낼 수 있어.

내 모습이 마음에 안 들어

내가 오늘 잘한 일을 종이에 적어 봐. 눈으로 직접 확인하면 스스로를 칭찬하고 싶을 거야.

친구가 나보다 대단해 보여

친구가 대단해 보일 때는 눈을 감고 내가 가장 좋아하는 일을 떠올려 봐. 꾸준히 한 일이 있다면 너도 이미 충분히 대단해.

나를 사랑하게 만드는 칭찬 일기

잠자기 전에 오늘 하루 있었던 일을 떠올리며 내가 해낸 일을 세 가지 적어 봐. 아주 작은 일이라도 괜찮아. 처음에는 조금 쑥스럽겠지만, 매일 반복하다 보면 '나도 할 수 있다'는 믿음이 생길 거야. 그렇게 나를 칭찬하는 연습을 하면, 어느새 스스로를 진심으로 사랑하게 될 거야.

친구가 부러울 때는

알렉스는 숨겨진 아이템을 찾아내는 능력이 아주 뛰어나. 그러던 어느 날, 알렉스가 희귀한 음반을 찾았다면서 스티브에게 자랑했어. 스티브는 '나도 갖고 싶었던 건데······.'라는 생각에 마음이 점점 답답해졌지. 알렉스가 너무 부러워. 이럴 땐 어떻게 하면 좋을까?

나라면 어떻게 할까?

아래의 네 가지 중에서 나와 가장 비슷한 것을 골라 봐.

1 누군가에게 의지한다

"나에게 저 음반을 줄 사람이 있지 않을까?" 하며 주변을 둘러본다.

2 무시한다

알렉스에게 "흥, 별거 아니네."라고 말하며 깎아 내린다.

3 할 수 있는 일을 찾는다

내가 가지고 있는 도구나 만들 수 있는 아이템을 살펴보고 지금 할 수 있는 일을 찾는다.

4 부럽다고 솔직히 말한다

"정말 멋진 아이템이네!"하고 칭찬하며, 어떻게 구했는지 물어본다.

다른 사람의 반짝임을 좇기 전에!

1번을 골랐다면

다른 사람이 대신 해결해 주면 편할 거야. 하지만 매번 운 좋게 도움을 받을 수는 없어.

2번을 골랐다면

아이템을 찾기 위해 친구도 열심히 노력한 거야. 친구의 노력을 무시하면 우정에 금이 갈 거야.

3번을 골랐다면

나만의 아이디어를 찾으면 더 멋진 아이템을 만들 수 있을지도 몰라.

4번을 골랐다면

부럽다고 솔직히 말하면 상대방이 비결을 알려 줄지도 몰라. 뜻밖의 모험을 함께하게 될 수도 있어.

친구가 멋진 모습을 보일 때 부러운 마음이 드는 건 아주 자연스러운 일이야. 마음속에 '나도 잘하고 싶다!'는 열정이 있기 때문이지. 하지만 친구와 나를 비교하며 속상해하기보다는 나만의 힘을 찾아보면 어떨까? 그러면 나를 더 멋지게 빛낼 수 있어.

친구와 똑같아지고 싶어

목표가 같더라도 친구를 그대로 따라 하기보다는 나만의 색깔을 한 방울 섞어 봐. 훨씬 더 특별해질 거야.

나를 부러워하면 좋겠어

가끔은 나를 더 대단하게 보이려고 애를 쓸 때도 있어. 하지만 다른 사람의 시선만 신경 쓰다가 내가 정말 하고 싶은 걸 놓칠 수도 있어.

모두에겐 각자의 장점이 있어!

친구의 멋진 모습만큼이나 나에게도 나만의 장점이 있다는 사실을 잊지 마. 만약 마음이 계속 불안하다면 내가 잘하는 일을 종이에 하나씩 적어 봐. 남과 똑같지 않아도 괜찮아. 조금씩이라도 좋으니 오늘부터 나만의 빛을 찾는 연습을 시작해 보자.

저녁 무렵, 스티브는 친구들과 함께 나무를 베고 목장을 만들면서 떠들 썩하게 놀았어. 그런데 갑자기 조금 지치면서 '왠지 지금은 혼자 있고 싶어…….'라는 생각이 들었지. 스티브는 초원 한가운데에 홀로 가만히 서서 노을 지는 하늘을 올려다보고 싶었어.

다 같이 있는 것도 즐겁지만, 가끔 혼자서 느긋하게 있고 싶 은 기분이 들 때 어떻게 해야 할까?

나라면 어떻게 할까?

아래의 네 가지 중에서 나와 가장 비슷한 것을 골라 봐.

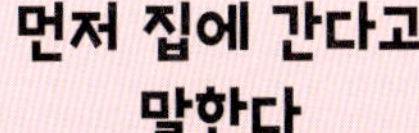

1

그냥 친구들과 함께 있는다

친구들에게 "나 먼저 갈게."
라고 말하기가 어려워서
그냥 다 같이 있는다.

2

먼저 집에 간다고 말한다

친구들의 반응이 살짝
걱정되지만, 솔직하게
말하고 돌아간다.

3

억지로 밝은 척 대화한다

혼자 있겠다고 하면
이상하게 볼 것 같으니,
억지로 즐거운 이야기를
꺼내 본다.

4

장소를 옮기자고 제안한다

"우리 다른 곳으로 가 볼까?"
라고 말하며 분위기를
바꿔 본다.

1번을 골랐다면

내 마음을 계속 숨기면
마음이 점점
답답해질 수 있어.

2번을 골랐다면

"내일 더 재밌게 놀자!"
하고 밝게 인사하면
친구들도 기쁘게 손을
흔들어 줄 거야.

3번을 골랐다면

내 마음과 반대로
행동을 하면 나중에
더 큰 피로감을
느낄지도 몰라.

4번을 골랐다면

다른 장소로 이동하면
마음이 한결
편해질 수도 있어.

혼자 시간을 보내고 나면 '역시 친구들과 노는 게 최고야!'라는 생각이 들기도 해. 하지만 혼자 있을 때는 주변 시선을 신경 쓸 필요가 없어서 마음이 아주 편안해지지. 마음이 차분해지면 멋진 아이디어가 반짝하고 떠오르기도 해. 이렇듯 혼자만의 시간은 나를 충전해 주는 소중한 보물과 같아. 푹 쉬고 나면 친구들과 다시 만났을 때 더 즐겁게 놀 에너지가 생길 거야.

갑자기 외로워

문득 외로워질 때는 메모나 그림으로 마음을 표현해 보자. 좋아하는 음악을 듣는 것도 좋아.

혼자만의 시간을 즐기자

혼자 있을 때 불안하다면, 내가 하고 싶은 일을 종이에 적어 보자. 목표를 세우고 이를 하나씩 실천하다 보면 불안한 마음이 사라질 거야. 책을 읽거나 블록을 쌓고, 산책을 하는 등 몸을 움직이다 보면 뜻밖의 즐거움을 발견할지도 몰라. 그러면 혼자만의 시간이 훨씬 알차고 즐거워질 거야.

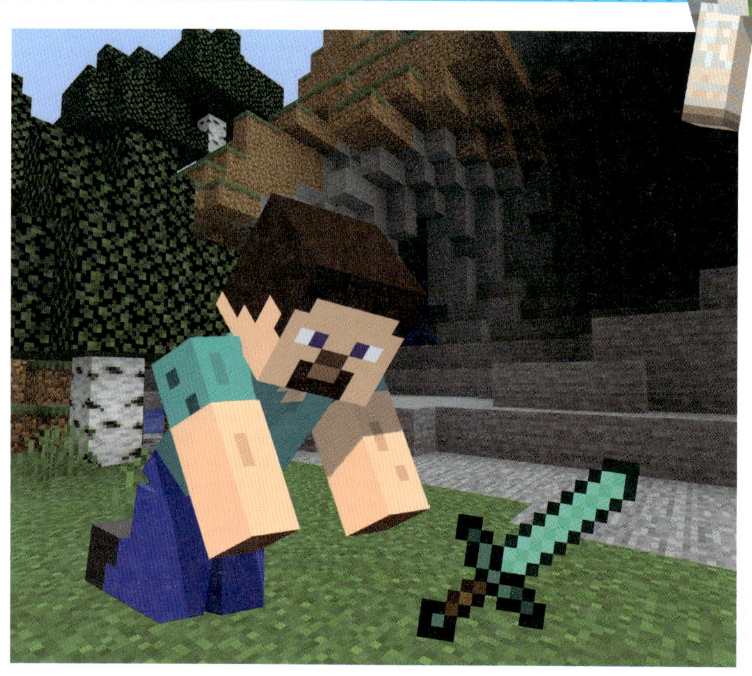

알렉스는 스티브에게 가장 아끼던 다이아몬드 검을 빌려줬어. 며칠 뒤 검을 돌려받은 알렉스는 깜짝 놀랐어. 검이 여기저기 깨지고 망가져 있었거든. 그런데 스티브는 미안해하기는커녕 키득키득 웃었어. '어쩌냐, 이젠 못 쓰겠네.'라고 놀리는 것 같아서 알렉스는 기분이 몹시 상했어. 친구들과 함께 몹을 해치운 소중한 추억이 가득한 검인데. 아끼던 물건을 친구가 함부로 다루어 화가 나고 속상할 때 어떻게 해야 할까?

나라면 어떻게 할까?

아래의 네 가지 중에서 나와 가장 비슷한 것을 골라 봐.

1 스스로를 다독인다

'일부러 망가뜨린 건 아닐 거야.'라고 스스로를 다독이며, 망가진 검을 조용히 가방에 넣는다.

2 어쩌다 망가졌는지 물어본다

"무슨 일이 있었던 거야?"하고 망가진 이유에 대해 친구에게 먼저 묻는다.

3 어른에게 말한다

선생님이나 가족 등 주변 어른에게 이야기하고 해결 방법을 함께 찾는다.

4 친구에게 속상함을 표현한다

"내가 아끼는 건데 왜 망가뜨렸어!" 하고 속상한 마음을 말한다.

눈앞에는 갈림길이 있어

1번을 골랐다면

당장은 침착해질지 몰라도, 진심을 말하지 않으면 나중에도 서운한 기분이 남아 있을 수 있어.

2번을 골랐다면

친구의 이야기를 들어 보면 생각지 못한 이유를 알게 될지도 몰라. 대화를 충분히 나누면 서로의 오해를 풀 수 있어.

3번을 골랐다면

어른들과 대화하면 답답했던 마음이 풀릴 거야. 더 지혜로운 해결책을 찾을 수도 있어.

4번을 골랐다면

내 솔직한 감정을 전달하는 건 중요해. 하지만 너무 공격적으로 말하면 싸우게 될 수도 있어.

내 소중한 물건을 망가뜨린 상대방도 사실 속으로는 당황하고 미안해하고 있을지도 몰라. "네가 소중한 추억이 담긴 내 검을 망가뜨려서 정말 속상해."라고 진심을 전해 봐. '내가 이 물건을 이만큼이나 소중하게 생각했구나.' 하고 내 진심을 더 분명히 알게 돼. 그리고 친구의 반응을 살피며 상대의 마음도 이해할 수 있게 되지. 나를 더 잘 이해하는 좋은 계기가 될 거야.

울음이 날 것 같아

속상해서 눈물이 날 것 같다면 잠시 조용한 장소로 이동하는 것도 좋아. 그곳에서 숨을 깊게 들이쉬거나 물을 마시면서 마음을 가라앉혀 보자.

서운함은 내 마음을 알려 주는 신호등

속상하고 서운한 마음은 내가 정말 소중히 여기는 것이 무엇인지 알려 주는 신호등과 같아. 화가 날 때는 잠시 멈춰서 내가 진심으로 원하는 게 무엇인지 생각해 봐. '사과를 받고 싶은 건지', '물건을 고치고 싶은 건지' 말이야. 내 마음도 지키고 친구와의 우정도 지키는 법을 배워 가는 과정이란다.

평화롭게 숲길을 걷고 있는데, 크리퍼가 나를 향해 조용히 다가왔어. 쉬익쉬익 소리를 내던 크리퍼가 "쾅!" 하고 폭발하고 말았지 뭐야. 재빨리 도망친 덕에 다행히 다치지는 않았지만, 폭발 때문에 나무도 땅도 순식간에 불타고 주변은 엉망이 되고 말았어. 이게 도대체 무슨 일이지? 너무 화가 나!

1 주위를 향해 소리친다

화난 감정을 숨기지 않고
"대체 왜 나한테만
이런 일이 생겨!"라고
소리를 지른다.

**2 망연자실하며
속상해한다**

망가진 곳을 바라보면서
한숨만 푹푹 쉬며
아무것도 안 한다.

3 일단 심호흡을 한다

화가 폭발하기 전에
천천히 심호흡을 한다.

**4 잠시 그 자리를
벗어난다**

일단 멀리 떨어진 곳으로 가서
마음을 진정시킨다.

분노의 정체를 파헤치자

1번을 골랐다면

큰 소리를 내면 잠깐은 속이 후련할 거야. 하지만 옆에 있는 사람들이 깜짝 놀랄지도 몰라.

2번을 골랐다면

마음이 우울해지면 몸이 잘 움직이지 않아. 그래서 주변을 살펴볼 여유조차 없어질 거야.

3번을 골랐다면

심호흡을 하면 머릿속이 조금 맑아져. 화가 난 마음을 밖으로 내보내면 한결 차분해질 거야.

4번을 골랐다면

일단 그 자리를 벗어나면 머릿속을 정리할 시간이 생겨. 그러고 나면 좋은 방법이 자연스레 떠오를 수도 있어.

화가 나면 마치 브레이크가 고장 난 자동차처럼 감정이 마구 달려 나가게 돼. 주변 상황은 보이지 않고, 나도 모르게 거친 말이 툭 튀어나오기도 하지. 이럴 땐 '지금 나에게 분노 신호가 켜졌구나!'라고 생각하며 잠시 멈춰서 봐. 화가 난 자신을 받아들이는 것만으로도 마음이 한결 가벼워질 거야.

금방 폭발할 것 같아

분노가 치밀어 오를 때는 우선 열까지 숫자를 세어 봐. 차가운 물을 마시거나 창밖을 내다보면 마음의 온도를 낮출 수 있어.

화난 마음을 어떻게 표현해야 할지 모르겠어

말로 표현하기 어렵다면 몸으로 표현해 봐. 베개를 팡팡 치거나 종이에 마구 낙서를 하며 화를 쏟아 내는 거야.

분노는 마음의 안내자

분노를 나쁜 감정이라고 생각하지만, 사실 내가 무언가를 신경 쓰고 있다는 걸 알려 주는 마음의 신호이기도 해. 그 신호를 잘 알아차리면 무작정 분노를 터뜨리는 대신, 다음에 나아갈 길에 대해 미리 계획할 수 있어. 그렇게 화를 다스리는 연습을 하다 보면 어느새 마음의 힘이 훌쩍 자라 있을 거야.

곤란할 때는 도움을 요청하기

네더를 탐험하다가 블레이즈와 가스트의 습격을 받았어. 황급히 도망

치는데, 갑자기 땅이 갈라지면서 그 사이로 새빨간 용암이 새어 나오는

거야. 이거 정말 큰일인걸! 주변을 살펴보니, 마침 스트라이더가 용암

위를 둥둥 떠다니고 있었어. 스트라이더를 타면 안전하게 용암

위를 걸어 다닐 수 있을 텐데. 하지만 친하지 않은 스트라

이더에게 도와달라고 하기가 좀 망설여져. 이럴 때

는 어떻게 해야 하지?

나라면 어떻게 할까?

아래의 네 가지 중에서 나와 가장 비슷한 것을 골라 봐.

1 혼자서 방법을 찾아본다

대나무로 비계를 만들거나 블록을 쌓아서 어떻게든 혼자 이동해 본다.

2 도움을 요청한다

스트라이더에게 다가가서 "나 좀 도와줄래?"라고 이야기한다.

3 포기한다

이젠 방법이 없다. 도구를 내려놓은 채 가만히 있는다.

4 큰 소리로 외친다

주변에 누가 있을지 모르니, 일단 그 자리에서 힘껏 소리친다.

도움 요청이
곧 용기

1번을 골랐다면

스스로 해결하려는 의지가
정말 대단해! 하지만 너무
지쳤다면, 잠시 멈추고
주변을 살펴보자.

2번을 골랐다면

"부탁해!"라고 직접 말하면
상대방도 움직이기 쉬워져.
그 한마디로 생각지 못한
힘을 빌릴 수 있어.

3번을 골랐다면

지금은 너무 힘들어서 쉬고
싶을 수 있어. 당장은 막막해도
조금 쉬고 나면 분명 새로운
아이디어가 떠오를 거야.

4번을 골랐다면

큰 소리로 외치면 다른 누군가가
알아챌지도 몰라. 마음이 조금
진정됐다면 다음엔 어떻게
할지 생각해 보자.

어떤 방법을 선택했든, 그건 네가 지금 이 상황을 이겨
내려고 노력하고 있다는 증거야. 용기 내어 "도와줘."라
고 말했다면 안심이 될 테고, 혼자 도전하고 있다면 그
과정에서 새롭게 배우는 점도 있을 거야. 하지만 꼭 기억해. 주위를
둘러보면 언제나 너를 도와줄 손길이 기다리고 있단다.

"도와줘."라고 말하는 건 부끄러운 일이 아니야. 오히려 주변의 지
혜를 모아 문제를 해결하려는 똑똑하고 용기 있는 행동이지. 친구
나 선생님, 부모님께 도움을 요청하는 연습을 해 봐. 누군가의 도
움을 받아 문제를 해결해 본 경험은 커다란 자신감을 심어
줄 거야. 도움을 청할 줄 아는 용기가 바로 스스로를 지키
는 강력한 무기란다.

새로운 내 모습에 도전하기

머칠 뒤면 엔더 드래곤을 쓰러뜨리러 위험천만한 엔더월드로 떠날 거야. 든든한 친구들과 함께 간다면 그 무엇도 두렵지 않아! 그래도 혹시 강한 적에게 둘러싸이면 어쩌지? 기대되지만, 조금은 두렵기도 해. 앞으로 한 걸음 더 내딛기 위해 어떻게 하면 좋을까?

1

**더 강해지기 위해
훈련하기**

매일 점프나
전력 질주를 연습하면서
전투 기술을 익힌다.

2

**함께할 동료를
찾아나서기**

주변 사람들에게 먼저
다가가 말을 걸고, 함께할
팀을 만든다.

3

**여분의 도구를
준비해 두기**

친구가 위험에 빠질 때를
대비하여 미리 도구를
챙겨 둔다.

4

**어려운 일에 맞서
도전하기**

높은 곳에 오르거나 좁은 길을
통과하는 등 다양한 도전을
멈추지 않는다.

앞으로 나아가기 위한 힌트 찾기

1번을 골랐다면

계속 훈련을 하다 보면 나를 믿고 따를 동료가 늘어날 거야. 꾸준히 연습해서 레벨을 올리자.

2번을 골랐다면

여러 사람과 마음을 나누면 서로의 부족한 점을 채워 주는 최강의 팀워크를 자랑하게 될 거야.

3번을 골랐다면

미리 준비하는 습관은 위기의 순간에 나뿐만 아니라 소중한 친구도 구할 수 있어.

4번을 골랐다면

해 보지 않았던 일에 도전하면 시야가 넓어지고, 자연스레 동료도 늘어날 거야.

새로운 일에 도전하는 건 내 세계를 더 넓게 확장시키는 일이야. 물론 그 과정이 힘들고 지칠 때도 있겠지만, 그때마다 새로운 발견을 하게 될 거야. 조금씩 앞으로 나아가다 보면 지금까지는 할 수 없었던 일도 가능해져. 그렇게 도전하는 동안 목표나 꿈이 점점 더 구체적인 모양을 갖추게 된단다.

조급함이 밀려와

빨리 잘하고 싶은 마음에 조급함이 밀려오면 하던 일을 잠시 멈춰 봐. 머릿속이 맑아질 거야.

의욕이 생기지 않아

가야 할 길이 너무 멀어서 막막하다면 목표를 작게 쪼개 봐. 오늘 해야 할 작은 일부터 해내다 보면 다음 목표로 나아갈 힘이 생길 거야.

포기하지 않는 힘

새로운 도전을 시작할 때는 불안한 게 당연해. 하지만 '해 보고 싶다!'는 마음만 있다면 그것으로 충분해. 친구들과 서로 머리를 맞대어 방법을 찾다 보면 나만의 방법을 찾을 수 있어. 끝까지 포기하지 않고 달리는 마음은, 내가 꿈꾸던 목표로 가는 가장 빠른 지름길이 될 거야.

조금 특별한 블록

마인크래프트 게임에는 다양한 블록이 존재해.

과녁

화살에 맞으면 레드스톤 신호를
보내는 신기한 블록이지.

마법 부여대

아이템에 마법을 부여할 수 있는
작업대야.

주크박스

음반을 넣으면 음악이 흘러나와.

리스폰 정박기

네더에서 부활할 수 있게 해 주는
블록이야.

덫 상자

열면 레드스톤 전원이 공급되어서
함정을 만들 수 있어.

훈연기

고기를 노릇노릇하게 구울 수 있는
조리 블록이야.

지도 제작대

지도를 확장하거나 복제할 수 있는
제작대야.

용광로

광석을 녹여 새로운 재료를 만들
수 있는 블록이지.

관측기

앞 블록의 변화를 감지해 신호를
보내는 편리한 블록이야.

햇빛 감지기

햇빛의 세기에 따라 신호를 보내는
블록이야.

엔더 상자

안에 넣은 물건을 다른 곳에서도
꺼낼 수 있는 신기한 상자야.

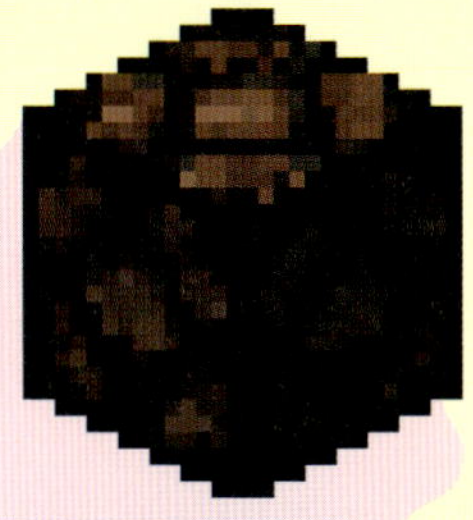

레드스톤 조명

신호를 받으면 반짝반짝 빛나는
블록이지.

친구를 만나면
우선 인사부터 하자!
마음이 따뜻해질 거야.

좋은 일을 해 준
상대방에게는 잊지 않고
감사의 말을 전하자.

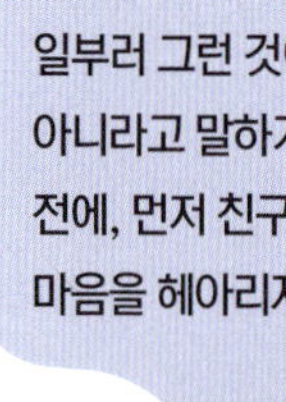

좋은 아이디어를
들었거나 초대에
응해 주었을 때
말해 보자.

일부러 그런 것이
아니라고 말하기
전에, 먼저 친구의
마음을 헤아리자.

그래?
정말이야?
소문에 휩쓸리지 말고 눈과 귀로 직접 확인해!

내 실수야.
잘못했어.
실수는 누구나 저지를 수 있어. 내가 잘못했을 때는 소리 내어 말해서 인정하면 기분이 훨씬 나아질 거야.

기뻐!
즐거워!
즐거운 일이나 기쁜 일이 생겼을 때는 그 기분을 친구에게 전해 보자.

내일 보자.
잘 가!
집에 돌아갈 때는 친구에게 작별 인사를 하자. 그리고 내일 또 신나게 놀자!

오늘부터 시작하자!

친구와의 규칙

친구가 생기면 매일이 즐거워. 하지만 언제나 좋은 일만 있는 건 아니야. 의견이 부딪히거나, 다툴 때도 있지. 사람마다 생각이 다른 건 당연한 일이야. 그럴 땐 상대방의 이야기를 차분히 듣거나 먼저 사과하면 더 좋은 관계를 만들 수 있어. 그건 친구를 소중히 여기는 일이기도 하단다.

때로는 용기가 필요해

새로운 도전 앞에서 가슴이 두근거리거나, 처음 말을 걸 때 쑥스러울 수도 있어. 그럴 땐 마음을 다잡고 조금씩 앞으로 나아가 보자. 그러면 신기하게도 일이 잘 풀려. 그렇게 조금이라도 해 보려고 노력하는 마음을 '용기'라고 불러. 용기가 있으면 친구도 더 많아질 거야.

나를 소중히 하기

오랜 시간 친구들과 함께 지내다 보면, 참기 어려운 순간이 찾아올 때도 있어. 그럴 때는 용기 내서 내 마음을 말로 전해 보자. 친구가 싫어할 수도 있겠지만, 자신의 마음을 믿는 게 가장 중요해. 또한 누군가가 나쁜 제안을 해 온다면 내 생각을 분명하게 전해야 해. 나를 가장 먼저 생각하는 거야.

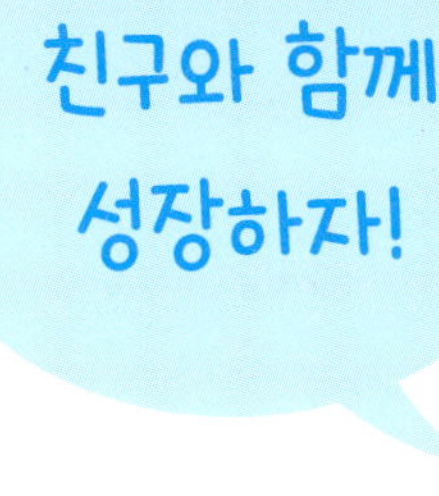

마인크래프트로 배우는 친구 사귀기

1판 1쇄 인쇄 2026년 3월 16일
1판 1쇄 발행 2026년 3월 25일

지은이 마인크래프트 장인 조합
감수자 아이카와 아쓰시
옮긴이 김나정

발행인 오영진 김진갑 **발행처** 제제의숲
책임편집 홍혜미 **편집팀장** 이희자
디자인 김책빵 **마케팅** 박시현 박준서 김승겸 박가영 한영은
출판등록 2013년 1월 25일 제2013-000028호
주소 서울시 마포구 월드컵북로5가길 12 서교빌딩 2층
원고 투고 및 독자 문의 midnightinzeze@naver.com
전화 02-332-7706 **팩스** 02-332-7741
블로그 blog.naver.com/midnightbookstore
페이스북 www.facebook.com/tornadobook

ISBN 979-11-5873-359-9 73190